Je n'étais pas heureuse

Priscillia Cristovao

Je n'étais pas heureuse

Roman

LE LYS BLEU
ÉDITIONS

© Lys Bleu Éditions – Priscillia Cristovao

ISBN : 979-10-377-6017-3

Est-ce qu'on se prive de respirer ? Est-ce qu'on se prive de dormir ? Non, jamais, car ce sont des besoins vitaux. Je me suis longuement privée de manger et de boire car je ne ressentais plus l'envie de vivre. Plus rien n'avait d'importance à mes yeux...

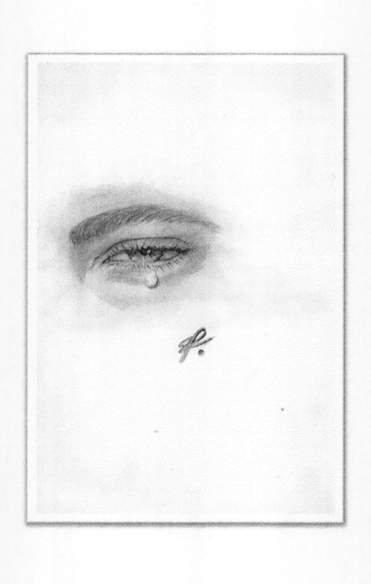

Mon histoire n'a rien d'exceptionnel mais elle m'a appris que la vie est trop courte pour la passer à regretter tout ce qu'on n'a pas eu le courage de tenter. Il faut profiter de chaque instant.

Durant cette période difficile, j'ai découvert mon attirance pour une catégorie de poèmes japonais. On les appelle les « haïkus ». Ce sont des textes courts avec des rimes. J'en ai alors écrit plusieurs tout au long de mon combat, comme celui-ci :

**La nuit tombe,
nulle présence pour chasser la pluie :
je marche seule.**

Je n'avais que 16 ans quand on m'a hospitalisée pour la première fois. C'était un 12 décembre. Le psychiatre m'a sauvée d'une mort certaine, car voyant mon poids chuter de semaine en semaine, il a pris la sage décision de provoquer une hospitalisation. Je suis tombée très bas niveau pondéral. J'étais en grand danger vital. Mais le pire c'est que j'étais surtout complètement dans le déni ! Tous les signaux le prouvaient pourtant : bradycardie, aménorrhée, prise de laxatifs, vomissements, hypothermie… J'étais bel et bien anorexique. Mais attention ! Être anorexique n'est pas un trait de caractère ! Cela ne te définit en aucun cas !

J'ai passé les fêtes de fin d'année avec pour seule compagnie ma peluche et ma perfusion. J'étais déprimée et il ne se passait d'ailleurs pas un jour sans que je pleure. J'avais toujours les yeux rouges, rongés par les larmes. Comment peut-on passer les fêtes toute seule ? C'est si triste d'être privé de ces rares moments de bonheur. Mais mon état était tellement critique que le médecin ne voulait pas me donner de permission.

Au début, j'ai refusé les visites de mes parents. Pas parce que je leur en voulais mais parce que j'avais honte de moi, honte d'être qui j'étais. Je n'acceptais pas ma situation et mon hospitalisation. Je voulais me punir d'une manière ou d'une autre. Je m'énervais moi-même. Comment peut-on être malade ? Suis-je anormale et différente des autres ? Non. Absolument pas. Mais ma maladie me semblait être quelque chose de honteux. J'en avais honte et je me dégoûtais moi-même. À ce moment-là, j'aurais aimé être une petite souris pour pouvoir me cacher dans un trou. Je souffrais terriblement et je ne comprenais pas pourquoi j'étais tombée malade. Je garde qu'un seul bon moment de cette soudaine hospitalisation. Je me souviens en effet d'avoir reçu une peluche de la part de mes parents. C'était un petit chien blanc et marron. Alors que je ne voulais pas les voir, ils m'ont fait parvenir cette douce intention. Quand je l'ai vu au fond du sac, j'ai éprouvé un réel bonheur. Merci, papa et maman, car on se sent moins seule avec une peluche sur notre lit.

J'ai également fêté mon anniversaire à l'hôpital. Je me souviens de m'être réveillée ce jour-là : seule dans ma chambre, avec le cœur battant à 30 battements par minute. Quel regret ! Ma santé inquiétait tout mon entourage, équipe médicale comprise. C'est fou comme cette maladie peut nous gâcher la vie ! On croit tout contrôler mais c'est elle qui a le fin mot sur nous. Elle nous prive de si bons moments.

C'est en larmes que j'ai accepté, par la suite, d'être placée dans une clinique appropriée à ma pathologie. Effectivement, je suis restée un long mois en pédiatrie avant d'être transmutée dans un centre où l'on traite spécialement les personnes atteintes de troubles du comportement alimentaire. Je devais me soigner pour retrouver une bonne santé et un bon équilibre de vie. Au début je ne comprenais pas l'utilité de me transférer ailleurs. Je me pensais moins malade qu'une autre. J'étais anorexique certes, mais je pensais qu'il y avait pire que moi. Je me trompais dans un sens car la maladie me brûlait sans que je m'en rende compte. Elle me consumait à petit feu. Il y a toujours pire que soit mais mon état bénéficiait d'une prise en charge plus importante.

Je me suis alors retrouvée complètement seule face à mes problèmes, loin de chez moi, et privée de ma famille. Ma sortie ne dépendait que de moi et de ma volonté. Je me souviens de mon tout premier repas pris là-bas. Ce fut le plus difficile de toute ma vie. Privée des toilettes pour me purger, j'ai dû garder ce que je venais d'avaler en moi. Je me suis littéralement effondrée en larmes même si je venais seulement de manger une compote de pommes.

Seule,
prenant mon repas,
les vagues m'emportent.

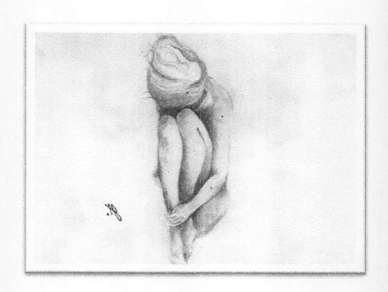

À mon admission à la clinique, le médecin m'a dit qu'il faudrait que je sois forte, que chaque jour serait une avalanche d'émotions, que chaque jour ressemblerait à un champ de bataille. Il m'a conseillé de fermer les yeux et de me laisser guider, de suivre mon cœur et de sauter dans le vide. Mais ce qu'il n'avait pas compris c'est que c'était Verdun dans mon cœur. J'étais perdue et noyée d'idées noires. C'était dangereux et très risqué de suivre mon cœur. C'est pour cette raison que je fus mutée quelques jours en psychiatrie pour atténuer ces mauvaises pensées. J'y suis restée une semaine en tout et cela m'aida fortement à comprendre l'importance de mon combat car j'ai été entourée de plusieurs pathologies différentes, j'ai donc pris conscience que ma place à la clinique était très adaptée à mon histoire. Qu'est-ce que j'ai pu trouver le temps long là-bas ! Je me suis tellement ennuyée. Mes occupations étaient la lecture et le dessin. En effet, le dessin est l'une de mes grandes passions. J'aime mettre à plat des émotions telles que l'amour, la tristesse et la peur. J'aime follement dessiner. Je trouve cette activité magique car on peut transmettre des messages en quelques coups de crayon. Je passais mon temps enfermé dans ma chambre à produire des œuvres que je garde précieusement aujourd'hui. En les regardant maintenant, j'éprouve de la mélancolie. Je suis transportée dans le temps en un regard. Je me retrouve à nouveau hospitalisée comme par magie. Je me souviens de chaque détail de chacune de mes réalisations. C'est pour cela que j'aime autant dessiner. Je suis retournée à la clinique dès que mes idées furent plus claires. J'étais prête à reprendre mon combat contre l'anorexie.

Avec le temps, je me suis fait des amies à la clinique. J'aimais nos balades dans le parc et nos discussions à propos du beau temps. Une personne en particulier m'a beaucoup apporté. Je vais la nommer Alice. Nous étions très proches toutes les deux. On passait énormément de temps ensemble. On parlait, dessinait, écrivait et même dormait toutes les deux ! Mais c'est une histoire bien triste… En effet, elle a décidé de mettre fin à ces jours. Je fus énormément bouleversée par sa mort car je l'aimais beaucoup. En premier lieu, je lui en ai voulu de son acte. Comment avait-elle pu partir sans me prévenir ? Son égoïsme m'énervait ! Je me souviens très bien de cette soirée où j'ai entendu les infirmières courir dans les couloirs. La sécurité était là elle aussi. C'était la panique ! Nous avions l'interdiction de sortir de nos chambres sans comprendre véritablement ce qui était en train de se passer. Là ! Proche de nous toutes, se trouvait une âme envolée. Mon amie était toute seule dans son lit, inerte. Elle avait rejoint les étoiles. Elle était partie pour toujours. Je ne la reverrais plus jamais. Non ! Jamais plus de rigolade en plein air, jamais plus de moments lecture, jamais plus de sieste allongées dans l'herbe. Elle était pourtant très belle et intelligente. Elle possédait tout pour être heureuse. Mais la maladie a pris le dessus sur elle. Avec le recul je comprends sa souffrance, même si elle ne laissait jamais rien paraître. Cela m'a énormément fait réfléchir. Car au fond, l'anorexie n'est qu'une mort lente. Elle nous détruit à petit feu. Elle nous étouffe et nous fait souffrir jusqu'à nous voir disparaître à jamais. C'est pour cela qu'il ne faut jamais l'écouter.

Un jour, quelqu'un m'a demandé pourquoi j'écoutais cette petite voix. Si cela me rendait malheureuse ? Je lui ai répondu : « Pourquoi des gens boivent-ils et fument-ils si cela peut nous tuer ? » Oui, la petite voix est notre drogue à nous ! On l'écoute pour être rassuré, pour voir notre angoisse disparaître. On se sent tellement bien quand on écoute ce qu'elle a à nous dire. Avoir le ventre vide devient un bien-être profond. À cette période, je ressemblais à une coquille vide, sans âme, perdue dans le désespoir et la crainte de changer. Je ne me rendais pas compte que je vivais une vie morbide. D'ailleurs je ne vivais pas, je survivais ! Aujourd'hui je remercie le Seigneur de ne pas avoir cessé de faire battre mon cœur.

Chaque semaine, j'avais deux entretiens avec mon psychologue et mon psychiatre référent. J'ai appris à les connaître et eux aussi. Nous formions une belle équipe. Petit à petit j'allais mieux. Je suis restée dix longs mois à la clinique. J'avançais à mon rythme. Je reprenais du poids et j'évoluais mentalement. Je redevenais cette Priscillia insouciante et libre d'autrefois, celle que mes proches aimaient tant. Je redevenais cette Priscillia plus vivante qui n'avait pas de problème avec la nourriture. J'avais encore du chemin à faire mais je commençais à voir la fin du tunnel.

Au milieu de la brume et des nuages noirs,
le son d'une cloche.
Espérance ? Espoir ?

Pour m'aider à combattre la maladie, mon psychiatre m'a donné pour exercice d'écrire une lettre destinée à l'anorexie. Il fallait que je lui parle comme si elle était mon amie. Voici ma lettre :

« Mon amie (l'anorexie),

J'ai rêvé de toi cette nuit. Nous marchions dans une forêt claire et très belle. Je m'appuyais sur ton bras et ma tête était posée sur ton épaule. Je buvais tes douces et rassurantes paroles. J'étais calme et confiante. Mais je ne souriais pas.

Plus loin, il y avait un lac immense avec à l'horizon, de pâles maisons d'où parvenait une sourde musique. Je t'ai proposé d'aller découvrir ce qui, de l'autre côté, m'attirait irrésistiblement. Tu m'as souri, serrait très fort dans tes bras et tu m'as fait signe de ne pas y aller en désignant du doigt un autre chemin à suivre ensemble.

J'ai compris alors que je devais accomplir cette traversée seule, et que nous ne nous reverrions plus. Arrivée au milieu du lac, j'ai bien failli me noyer à multiples reprises, mais malgré la douleur et la peur, je me suis battue ! Malgré la forte et incontrôlable envie de me blottir à nouveau dans tes bras et d'y sentir la chaleur apaisante d'autrefois, j'ai lutté ! Je ne sentais plus aucune douleur et j'ai vu dans l'eau, le reflet de mon visage : un visage plein de lumière et de joie. Je souriais.

Adieu. »

Je me souviens d'un temps où rester assise m'était insupportable. Je passais mon temps à marcher dehors jusqu'au jour où je me suis blessée. Effectivement, je me suis fait une entorse à la cheville. Alors que je descendais les marches de l'escalier en courant, j'ai trébuché et je me la suis tordue. Mais même après cela, je continuais à marcher seule dans ma chambre alors que le médecin me l'avait interdit. Je souffrais le martyre ! Je n'avais plus le droit d'aller dehors mais je continuais à pratiquer du sport jusqu'à l'épuisement, pour brûler toujours plus de calories. J'en étais devenue dingue ! Je marchais, courais, sautais ! Je dépensais plus de calories que ce que mon corps pouvait produire en une journée. Mais la vie ce n'est pas cela. La vie, ce n'est pas épuiser son corps pour voir apparaître un os au milieu du dos. La vie, c'est se poser à un café avec quelqu'un de sa famille ou un ami. La vie c'est regarder un film avec une boîte de chocolat à la main ! La vie, c'est rire aux éclats en entendant une blague à la radio ! J'ai mis longtemps à me défaire de cette hyperactivité.

Le médecin me donna un autre exercice. Je devais cette fois-ci écrire une lettre destinée à mes parents décrivant alors une de leur visite :

« Mes chers parents,

Les six derniers jours m'ont paru sans fin ! Mais la semaine se termine déjà. J'avais hâte de voir filer les heures pour être à cette après-midi. Et là, dans cette chambre d'hôpital, je suis surprise et émue de sentir mon corps abîmé, frissonner de plaisir. Je vous entends à la porte. Des changements soudains se font remarquer chez moi. Je suis profondément heureuse : je vous aime.

Chaque samedi, vous me rendez visite et cela m'émeut. C'est si bon de vous savoir auprès de moi. Je suis votre enfant.

Par la suite, lorsque nous marchons ensemble dehors, je suis heureuse et troublée par vos voix, vos corps, vos regards, qui me semblent alors être vus pour la première fois. Je n'ai et je n'aurais jamais qu'une mère et un père. J'éprouve soudain ce que doit éprouver tout enfant lors qu'il voit ses parents vieillir ; l'envie de les protéger et les garder auprès de soi pour toujours. C'est peut-être cela qui m'est le plus insupportable : devant la promesse de votre amour, les lois de la nature vous font vieillir, sans intervention humaine possible. Nous bavardons encore un peu, en marchant lentement. Mais malgré notre allure, le temps s'épuise et notre douce promenade prend fin. Voilà donc venir l'heure des "aux revoirs". En passant la porte, je me retourne pour vous envoyer un baiser, le dernier. Tout de suite, je ressens comme un léger glissement sur ma joue. Est-ce une larme de joie ou de tristesse ? À chaque jour son style et son histoire. »

Je n'étais jamais tranquille psychologiquement, car je souffrais également d'un surmenage mental ! Je réfléchissais plus vite qu'une fusée ! Je passais mon temps à calculer et programmer mes journées. Mais les imprévus font partie de la vie. Il faut savoir les accepter car on ne peut pas passer entre les mailles du filet. J'avais un agenda où je notais chaque activité et imprévu de la journée. Rien ne passait à la gouttière. Je possédais également un petit carnet où je notais chacun de mes repas et collations pris. Comme si le fait de les noter aller changer la donne sur mon corps et mon esprit. Cela me rassurait car j'avais l'impression d'avoir le contrôle de mes journées et de ma vie.

Silence,
le chant des corbeaux
pénètre mon corps.

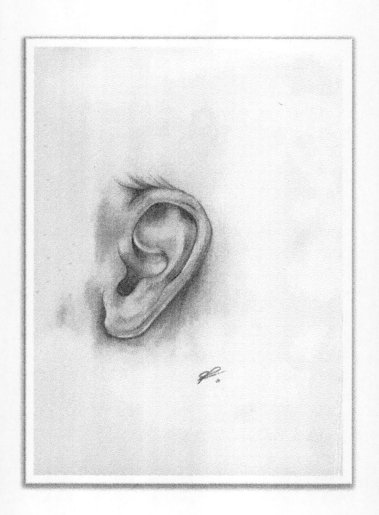

Une autre fois, je dus écrire une lettre à moi-même. Ce fut un autre devoir que mon psychiatre me demanda de faire. Voici donc ma lettre :

« Chère Priscillia,

Je t'écris cette lettre car j'ai quelques mots à te dire. Je possède des souvenirs de toi que je souhaite te rappeler aujourd'hui. Je me souviens de toi comme étant une enfant sans problème : insouciante et calme. Tu savourais la vie comme un bonbon. Tu n'avais pas peur de ton apparence et des dangers que la vie peut apporter. Tu aimais te lever chaque matin et c'est avec un grand sourire que tu le faisais. Tu allais à l'école chaque jour et apprenais la vie. Le soir tu aimais regarder des films avec ta famille. Car tu fais peut-être partit d'une famille nombreuse mais tu as parfaitement ta place parmi eux. Même si tu en doutes aujourd'hui sache que tu es aimée par chacun d'entre eux. Tu es unique sur cette terre et tu mérites d'être en vie. Je me souviens que tu as un jour aimé mangé. Oui ! Tu as un jour été gourmande. Ton plat préféré était même le gratin de choux-fleurs à la béchamel que ta maman te préparait avec amour. Mais aujourd'hui tu es triste. Tu ne manges plus car la vie n'a plus de goût. Tu dors pour raccourcir tes journées. Tu n'aimes plus vivre. Et la vie devient alors un fardeau pour toi. Tu as oublié ce qui autrefois, faisait battre ton cœur. Aujourd'hui il agit comme une machine. Il obéit en effet au mécanisme de la vie. Il continue à fonctionner par réflexe. Mais rappelle-toi comme la vie a été belle ! Tu ressens alors de la mélancolie. Tu aimerais retourner en enfance mais le temps ne se rattrape pas. Il défile sans prendre en compte nos envies. Il ne s'arrête jamais. Il naît alors une très grande tristesse en toi. Où est ton enfance ? Elle est tout simplement terminée. Mais la vie ne s'arrête pas à l'enfance ! Non ! Elle ne fait que commencer alors lève-toi de ton lit, retire ton masque de douleur et poursuis ta vie ! Débarrasse-toi de ce tuyau qui dépasse de ton nez et va rejoindre les autres filles au salon de la clinique ! Tu as toujours était sociable alors sort de ta chambre et va prendre un café avec elles ! Tu as de la valeur comme tout le monde ! N'en doute plus !

Aujourd'hui, j'aimerais te dire de t'accrocher malgré la difficulté de l'épreuve. J'aimerais te dire que je t'aime. Et je te trouve très courageuse de t'accrocher à la vie comme tu le fais chaque jour. Tu as beaucoup enduré jusqu'ici alors je te tire mon chapeau. Tu es plus forte que tu ne le penses. Alors n'arrête jamais de te battre pour la vie car elle en vaut la peine. S'il te plaît, malgré les difficultés, ne cesse jamais d'espérer qu'un jour tu gagnerais contre cette affreuse maladie. Ne cesse jamais de lutter contre les démons qui résident dans ton petit cœur fébrile. J'espère infiniment qu'un jour tu réaliseras tes rêves. Tu aimerais faire une exposition de tes dessins ? Tu aimerais voyager au Japon ? Alors ne baisse pas les bras et continue à te battre pour pouvoir un jour réaliser ces magnifiques projets ! Je t'embrasse très fort ma jolie Priscillia.

Affectueusement,

ton amie, Priscillia »

Le 29 octobre fut le jour de ma sortie de la clinique. J'étais enfin libre ! Je n'étais pas guérie, loin de là ! Mais je savais écouter mes envies. J'avais repris un poids où ma santé n'était plus en danger. À mon arrivée chez moi, je fus tellement heureuse de retrouver mon frère, ma sœur ainsi que mes parents. Toute ma famille était là pour m'accueillir. Ce fut un véritable bonheur d'être à nouveau chez moi ! Comme cadeau de bienvenue, je reçus un sublime poisson combattant. Je choisis celui-ci en raison de mon combat. Il était de couleur bordeaux et avait de longues et fines nageoires. Je l'aimais beaucoup.

J'avais un très lourd traitement à cette époque pour réussir à supporter mes angoisses. Celui-ci m'a empêché de reprendre pleinement une vie normale. J'étais effectivement droguée au médicament. Par conséquent, je me couchais tous les jours très tôt et je me levais tard. Je faisais également la sieste toutes les après-midi. J'étais très fatiguée mais ce traitement apaisait mes angoisses. J'étais tellement paralysée que je n'arrivais même pas à me laver les dents ! C'est ma mère qui me les lavait car j'étais incapable d'agiter mon poignet et d'effectuer de courts mouvements de bras. C'était très dur psychologiquement car j'avais l'impression d'être une incapable. Je clignais énormément des yeux aussi. Je déteste cette période de ma vie car je ne pouvais rien faire.

Malheureusement, quelques semaines suffirent à me faire rechuter. Un jour, alors que j'allais chercher ma sœur en voiture à la sortie du lycée, je fus scotchée de voir Clarence. Mes yeux s'écarquillèrent devant elle. Elle a su me pourrir la vie pendant mes années de collège et me faire perdre complètement confiance en moi. Elle n'était pas responsable de ma maladie mais elle y a fortement contribué. J'ai alors perdu mes moyens quand je l'ai vue et j'ai beaucoup pleuré le soir, seule dans mon lit. Elle m'a harcelée durant presque trois ans. Effectivement, à force de nous répéter que notre existence n'est pas importante on finit par le croire. Et on n'oublie jamais la douleur d'être tapé et bousculé sans raison valable. On garde toujours la crainte d'être critiqué ou jugé. On a toujours peur d'être puni pour ses erreurs. Un jour, cette personne haineuse m'a dit que si je venais à mourir un jour, elle ne regretterait que mon chien. Comment peut-on tenir de tels propos sur quelqu'un ? Mon existence ne vaut-elle pas plus qu'un simple animal de compagnie ?

L'espérance s'en va ;
pleine d'espoir,
les nuages s'assombrissent.

Une fois, alors que je dormais chez Clarence, j'ai oublié mon bas de pyjama. Je fus donc obligée de lui en demander un. Mais elle eut la méchanceté de dire que mes jambes ne rentreraient jamais dans l'un des siens parce qu'elle était plus fine que moi. Elle me donna donc l'un des pyjamas de son grand frère en prétextant que j'étais trop grosse.

Une autre fois, alors qu'il pleuvait des cordes, je fus heureuse d'avoir un parapluie où m'abriter. Mais Clarence n'en avait pas. Alors, elle me le prit de force et partit avec, sans moi. Désemparée et mouillée, je restais seule sous la pluie. Elle me le rendit plus tard dans la journée. Je suis restée longtemps à me demander si mon existence avait de l'importance. Je me suis demandé plusieurs fois si j'avais une raison d'exister. Bien sûr que je mérite de vivre ! Dès qu'une personne entre dans ce monde, son existence prend sens ! Que nous soyons paralysés, atteints de troubles mentaux ou souffrant d'une déformation physique, nous méritons de vivre. Chacun a sa place sur cette planète. Aucune personne n'est supérieure à une autre. Nous ne sommes jamais inférieurs à quelqu'un. Il est vrai qu'il existe des différences entre chaque être humain mais elles ne sont que superficielles. Il ne faut pas se laisser maltraiter sans raison. Je n'ai pas exprimé mes émotions à mes parents qui n'ont alors pas remarqué que je souffrais d'un harcèlement scolaire. J'en suis l'unique responsable. J'aurais dû en parler et agir pour que les choses changent pour de bon. Mais je n'en ai pas eu le courage à ce moment-là. Et si je passe ma vie à regretter de ne pas avoir parlé alors je ne vivrais jamais heureuse. J'aime mes parents et je regrette de leur en avoir voulu pour leur manque d'affection. Je m'en veux d'avoir douté de leur amour. Effectivement, je fais partie d'une famille de cinq enfants et bien que nous ayons chacun notre place attitrée, j'ai souffert d'un manque affectif. Je souffrais en silence et personne ne s'en est aperçu. Alors quand j'ai revu Clarence, j'ai perdu mes moyens. Je me souviens même qu'elle souriait. Oui ! Elle souriait ! Alors que moi je sortais d'une hospitalisation de dix longs mois. Elle avait été l'élément déclencheur de mes troubles du comportement alimentaire et elle souriait ! Je me suis alors demandé comment la vie pouvait être si injuste avec moi. Comment pouvait-on se regarder dans une glace en ayant fait souffrir quelqu'un comme elle l'avait fait avec moi ? Je ne m'aimais pas. Non, je me détestais même. Alors qu'elle souriait à la vie, je me battais pour la mienne.

Aujourd'hui, je n'en veux plus à Clarence de m'avoir harcelée, car au fond son mal-être était plus important que le mien : elle souffrait plus que moi. Elle avait une sœur jumelle avec qui elle avait une relation compliquée. Elle était très jalouse d'elle. En effet, Clarence m'a avoué un jour qu'elle avait beaucoup de peine car sa sœur était tout ce qu'elle voulait être : sociable, jolie, gentille. Je ne sais pas si elle ressent le même sentiment aujourd'hui, mais à l'époque elle en souffrait énormément. Clarence n'a jamais eu beaucoup d'amis contrairement à sa sœur. Je possède une sœur également et je comprends que l'on puisse être jalouse d'elle. Peut-être qu'elle ne se rendait pas compte du mal qu'elle me faisait ? On était jeune à l'époque alors je ne lui en veux plus.

Un jour, mon petit frère de quatre ans prononça des mots qui me brisèrent le cœur. En effet, il me dit : « Priscillia ! Ta maison c'est l'hôpital. » Je fus tellement blessée quand il me dit cela. Je n'allais pas bien du tout et je ne savais plus où était ma place. Était-elle bien à la maison finalement ? J'en doutais très fortement. Il était sûrement perturbé de me voir à nouveau à la maison car il avait grandi sans moi. Je suis parti de la maison alors qu'il était encore bébé. Du coup ma présence ne lui était pas familière. Je n'aurais pas dû me mettre dans un tel état à propos de sa réflexion. Mais j'étais tellement sensible à ce moment-là de ma vie que la moindre critique pouvait me faire perdre mes moyens.

En parlant de critiques, je n'en supportais aucune autour de mon alimentation. Je me brusquais quand on me disait que j'avais bien mangé. Je me vexais quand on me disait que j'avais trop mangé. Je ne supportais pas d'entendre des réflexions sur ce que j'avais mangé ou non. Cela peut paraître étrange mais je voulais qu'on me traite comme les autres, même si c'était étonnant de me voir mangé une glace.

Puis un matin je me levai avec une grande douleur au cœur et une difficulté à rester debout. Je ne l'ai jamais dit à mes parents mais j'avais également des vertiges. Ma mère m'emmena alors rapidement à l'hôpital. Je fus pesée et le verdict fut clair, j'avais perdu huit kilos. J'avais tellement été chamboulée par la rencontre avec Clarence que je ne mangeais plus rien. Ma gorge était nouée. J'avais à nouveau perdu le goût à la vie. J'avais peur du temps. Comme si avoir un corps d'enfant allait l'arrêter, le rendre moins douloureux et difficile à vivre. J'avais peur de devenir une femme, d'avoir des formes et des courbes féminines. Je ressemblais à un vrai squelette mais j'étais satisfaite de moi. Personne ne pouvait se moquer de mes bourrelets car je n'en avais aucun. Mais en réalité, ce dont j'avais le plus peur et ce que je ne voulais absolument pas revivre était ce que j'avais vécu à l'âge de 10 ans. J'ai effectivement été abusée et croyez-moi, un viol laisse d'importantes séquelles. J'ai eu un mauvais avant-goût de la sexualité. J'en avais terriblement peur. Je pensais qu'être une femme serait un perpétuel recommencement de mon traumatisme. Je pensais que je vivrais ce choc encore et encore. Mais la vie de couple ne se résume pas à coucher ensemble ! C'est une relation très sérieuse entre deux êtres qui s'aiment. Le mariage, quant à lui, est seulement la preuve de leur amour. Oui, avoir des enfants est quelque chose de chamboulant dans une vie de couple, mais c'est aussi la preuve vivante d'une passion amoureuse. En créant un être humain, on décide de montrer aux autres nos sentiments. La naissance d'un enfant est quelque chose de merveilleux. Il ne faut pas en avoir peur.

Levant la tête pour contempler le ciel immense :
le parfum de l'espoir.

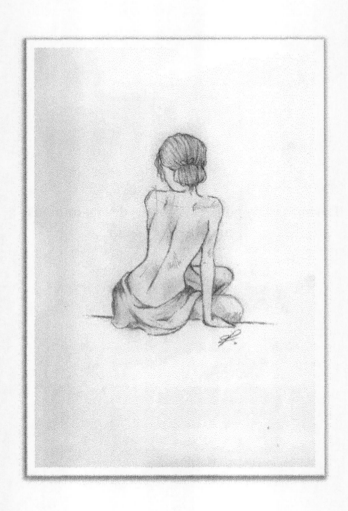

Je n'ai jamais eu beaucoup d'amis, mais le seul qui est resté auprès de moi sans juger ma vie est aujourd'hui devenu mon petit ami. Il est resté avec moi jusqu'au bout, même dans les moments les plus difficiles et douloureux de mon combat. Il a pris de mes nouvelles chaque jour sans jamais cesser de m'aimer. Je lui en suis tellement reconnaissante à l'heure actuelle. Il n'imagine pas la chance que j'ai de l'avoir dans ma vie. Mais parfois être bien entouré ne suffit pas pour combler un vide en nous.

Être fort, c'est aussi accepter d'être faible par moment. J'ai eu beau lutter contre la petite voix de l'anorexie, elle prit le dessus et mon état s'est fortement dégradé. Je fus alors à nouveau hospitalisée pour être ensuite nourrie par une sonde naso-gastrique. Car mon alimentation était tellement minime que je pouvais toucher la mort du bout des doigts. Avoir été nourrie par une machine n'est pas une fierté pour moi, avoir eu un tuyau dans le nez non plus. Mais je devais alimenter mon corps d'une manière ou d'une autre. Au début, je voyais cette sonde comme un démon qui me voulait du mal. Mais en réalité, c'est une béquille qu'il faut voir comme une amie car elle nous maintient en vie.

Alors que je souffrais d'une solitude immense, mes parents m'ont annoncé qu'ils prendraient leur distance avec moi. Ils ont alors annulé nos prochaines visites. Ils ont dit qu'ils voulaient me laisser seule face à moi-même, pour que je réagisse. Ils voulaient voir des changements dans mon comportement. Je leur en voulais d'agir ainsi avec moi. Je culpabilisais énormément d'inquiéter ma famille mais ma souffrance était trop importante. Je ne me suis jamais sentie aussi seule et abandonnée. La petite voix n'avait jamais était aussi forte ! Elle contrôlait l'intégralité de ma vie et je ne pouvais pas m'y en défaire. Je pesais un poids plume et je me trouvais encore trop grosse. J'étais omnibulée par ce chiffre que je voulais voir diminuer encore et toujours. Je me disais que si je reprenais du poids, mon entourage penserait que j'allais mieux et ce n'était pas le cas du tout. Mais ce que j'ai compris plus tard, c'est que le moral s'améliore avec la reprise du poids. Je ne serais jamais heureuse avec un sous-poids. Mais je ne voulais rien entendre. Je pesais un poids moins élevé que ma petite cousine de 8 ans, alors que j'avais dix ans de plus qu'elle ! Je ne me rendais pas compte à quel point je mettais ma vie était en jeu. Je ressemblais à un squelette.

Quand j'ai été alitée, j'étais branchée à 1500 calories par la sonde. Je culpabilisais tellement que le seul moyen que j'ai pu trouver pour m'apaiser était de vider ma sonde. Oui, je renversais ce liquide jaunâtre dans l'évier. Je jouais avec le feu, car je ne mangeais absolument rien à côté. J'étais nourrie exclusivement par la sonde et je trichais avec… Je la vidais puis la remplissais d'eau pour ne pas que la machine sonne trop tôt pour indiquer que l'alimentation était finie. Les infirmières ne s'en étaient pas aperçu. Mais je ne me doutais pas que cela me mènerait jusqu'en réanimation. C'est fou comme l'anorexie peut nous rendre vicieux et manipulateur.

Je fus donc dans l'urgence, transférée en réanimation puis en soins intensifs. J'étais à bout. Et je n'avais plus rien à faire de la vie. Je ne comprenais pas pourquoi elle était si dure avec moi. Ces jours passés à jongler entre la vie et la mort furent traumatisants pour moi. J'en garde de très durs souvenirs. Par exemple, je me souviens qu'on a dû me poser une voie entérale au niveau du cou car mes veines étaient trop fines et fragiles. Ce fut très douloureux. Je perdis connaissance plusieurs fois de suite tellement j'étais mal en point.

Le cœur fébrile,

les yeux qui pétillent,
combat difficile.

J'étais tellement faible que je restais couchée toute la journée. J'avais la tête qui tournait sans arrêt. Ma vision était trouble et mes mains tremblantes. Je vivais un véritable cauchemar, éveillée ! Mon foie se consommait tout seul et j'ai failli y laisser ma vie. Comme je manquais d'énergie, je ne pouvais pas faire beaucoup de choses. Je dormais ou regardais la télévision. J'aimais regarder les feuilletons tels que « le jour où tout a basculé » ou « face au doute ». Je me nourrissais de ces histoires policières.

C'est à toi de décider si tu es une victime ou une battante. Tu n'as pas choisi de tomber malade, mais tu as le pouvoir de choisir de guérir. Tu n'es pas soumise. Tu n'es pas une prisonnière. Tu es libre ! Libre de te libérer de l'emprise de la maladie.

Quand j'ai recommencé à manger, je ne mangeais que des aliments « sain » à mon sens. La maladie m'a laissé croire qu'il y avait deux catégories d'aliments, avec d'un côté la « malbouffe » comme les pizzas ou les frites, et de l'autre la « bonne » nourriture comme les fruits et les légumes. Je ne mangeais que ça ! Je ne mangeais pas par envie. Qui aurait envie d'une boîte de maïs froid en conserve ? La pomme est alors devenue ma meilleure amie ! Je pouvais en manger jusqu'à quatre par jour ! Je pensais qu'on ne mangeait que pour grossir, que chaque aliment, chaque bouchée avalée allait se poser sur mes hanches. Mais ce n'est pas le cas. On mange pour se faire du bien. On mange pour avoir de la force pour vivre. Je me privais de toute sorte d'alimentation grasse ou sucrée comme le chocolat, les gâteaux ou la crème fraîche. Mais aucune nourriture n'est mauvaise. Tu peux manger de tout sans crainte car manger ne fait pas grossir, manger fait vivre.

Levant la tête pour contempler le ciel immense :
la douceur de la vie.

D'ailleurs, perdre du poids n'est pas une victoire et cela ne te rend pas plus heureuse. En même temps que tu perds du poids, tu perds du muscle et de l'énergie. Tu as donc moins de force pour vivre. Voilà pourquoi c'est important de se nourrir.

J'ai encore faim ! Combien de fois je me suis dit cela après un repas ? Cette faim nous panique, et plus on y fait abstraction et plus elle devient importante. Mais sache que cette faim délirante n'est que le fruit de longs mois de privation. Plus tu essaieras de la camoufler que ce soit avec de l'eau ou autre, plus elle deviendra importante. Ton corps est une machine très intelligente qui sait ce qui est bon pour toi. J'ai tout essayé pour tromper ma faim sans grossir : remplir mon ventre d'eau ou avec un kilo de pomme. Mais la faim est toujours présente. Ton cerveau a toujours faim. Souvent je me suis demandais quand cette faim se calmerait ? Elle se calmera quand ton corps ne sera plus affamé. Tout rentre dans l'ordre avec le temps.

Pendant ma reprise de poids, je me suis demandé quand est-ce que le chiffre arrêterait de monter ? Quand est-ce que j'arrêterais de grossir ? Tout simplement quand ton corps aura trouvé son poids de forme, un poids de santé. On ne grossit pas indéfiniment.

Quand j'étais en soin intensif, une infirmière m'a dit cette citation : « L'avantage quand on touche le fond c'est que l'on ne peut que remonter ». Qu'est-ce que cette phrase a pu m'aider mentalement ! je fus profondément rassurée en l'entendant. L'infirmière avait raison car mon état s'est ensuite amélioré.

Après à mon séjour aux urgences, je suis retournée à la clinique de Lyon. Quand j'ai revu mon psychiatre, je me suis effondrée en larmes. J'étais allée trop loin, beaucoup trop loin. Jusqu'à quand allais-je agir ainsi ? Je ne pouvais pas passer ma vie à l'hôpital. Si je voulais que les choses changent, je devais me reprendre en main rapidement. Seulement, les jours qui suivirent furent tous très douloureux et difficiles à vivre. Je grossissais à vue d'œil mais je n'agissais que par compulsions alimentaires. Je souffrais terriblement. Je finissais chacun de mes plateaux thérapeutiques mais c'était seulement pour combler ma tristesse. Je ne guérissais pas. La santé ne vient pas seulement en mangeant. Elle vient aussi en parlant, et mon gros problème à moi, c'est que je ne parle jamais. Je n'allais pas au fond de mes pensées pendant les entretiens médicaux. J'avais compris que si je mangeais je retournerais chez moi. Je voulais retrouver ma famille que je voyais seulement une fois toutes les semaines. Je me suis alors mise à tout dévorer pour sortir le plus vite possible de l'hôpital. Je remplissais mon ventre de boisson sucrée à la cafeteria. Je me suis ruinée pour grossir le plus vite possible ! Mais un jour, mon psychiatre m'a fait comprendre que malgré ma reprise de poids, j'étais loin de la guérison. Et il avait parfaitement raison. Mais le souci c'est que je me retrouvais dans un corps que je détestais et avec un moral dans les chaussettes. Il avait vu clair dans mon petit jeu à la course à la montre. Il avait l'habitude de se retrouver dans des situations comme la mienne. Mais au lieu de m'encourager dans mes moindres efforts, il m'a parlé d'une prolongation de mon hospitalisation. J'ai alors perdu espoir qu'un jour je retrouve une vie calme et heureuse. À la suite de cet entretien, je pris l'initiative d'appeler ma mère afin de lui dire tout ce que j'avais sur le cœur. Je voulais lui expliquer ce que mon médecin venait de me dire. En larme, je discutai une bonne heure avec ma mère mais à la fin de l'appel, mon moral était toujours le même. Je commis donc l'irréparable. Je pris effectivement la décision de fuguer de la clinique pour me jeter sur la première pharmacie qui se présenta à moi. J'y achetai une boîte de Dolipranes que je pris dans son intégralité. J'étais épuisée de vivre. J'avais perdu tout espoir. Personne n'était en mesure de me consoler et je voulais partir à tout jamais. J'étais épuisée de mener ce combat qui me semblait alors interminable. Mais ma famille traversa mon esprit et me fit prendre conscience de la gravité de mes actes. Je venais de commettre une énorme erreur. Mourir n'était pas une solution. Comment aller vivre ma famille sans moi ? Mon copain se retrouverait seul lui aussi ! Je composai alors le numéro des urgences et j'y passai les jours qui suivirent. Perfusion, malaises j'en étais encore soumise, mais pas pour les mêmes raisons cette fois-ci.

Au milieu du néant,
triste pour un peu,
le cœur éclatant.

Puis je fus transmutée à l'hôpital psychiatrique. Pendant ce séjour, je fis la connaissance d'un nouveau psychologue qui me délivra de mon malheur. Je me suis toute de suite bien entendu avec lui. Tellement bien, que je sortis deux semaines après ! Oui ! C'était enfin la fin des hôpitaux pour moi ! Je commençais une nouvelle vie. Ce médecin débloqua quelque chose en moi. J'avais enfin retrouvé le goût à la vie. J'avais envie de vivre. Et plus que tout, j'avais envie de manger. C'est à ce moment-là que mon ventre a recommencé à gargouiller. Je ne serais pas dire comment ce médecin m'a aidé mais son approche différente de celle que j'avais pu voir auparavant me sauva la vie. Après ma sortie, je continuai à le voir ce qui me rassura énormément.

Avoir faim, ce n'est pas quelque chose de chiant que l'on doit oublier. Avoir faim c'est juste un message de ton corps qui te demande du carburant. Quand ta voiture n'a plus d'essence, tu as beau lui supplier d'avancer, elle ne démarre pas. Notre corps agit comme une voiture. Quand tu as faim, mange, quelle que soit l'heure.

Ce n'est pas facile pour moi d'avouer cela mais j'ai été boulimique. Peut-être parce que dans l'imaginaire collectif la boulimie c'est sale et honteux. Peut-être aussi parce qu'on a tendance à s'intéresser à l'anorexie qu'à la boulimie. Et pourtant les deux maladies sont aussi complémentaires qu'opposées. Après tout, on pense souvent que l'anorexie c'est du contrôle et la boulimie une perte de contrôle. Or c'est l'essence même des troubles du comportement alimentaire, la perte de contrôle. Dans les deux cas, ni l'une ni l'autre n'est une maladie honteuse. J'ai donc souffert de boulimie vomitive et je n'en suis pas fière. Peut-être est-ce le fait de vomir qui est sale ? Qui aime avoir une gastro ? Et c'est bien ça le problème, la honte. A-t-on choisi de tomber malade ? Cette nourriture, ingérée en peu de temps et en quantité phénoménale, est seulement le résultat d'un profond mal-être et d'une inquiétude immense à propos de la vie. Si j'ai une solution pour arrêter les crises de boulimie c'est d'écouter ses envies et mangeait correctement à l'heure du repas. C'est à dire, manger des féculents, des légumes, des protéines et des glucides à chaque repas. Il faut bien sûr prendre un dessert et le plus important : écouter sa faim !

J'ai commis des erreurs pendant cette phase de boulimie. J'ai effectivement volé mes parents pour pouvoir faire des crises à la boulangerie et à l'épicerie. J'en ai honte aujourd'hui. J'achetais des quantités gigantesques de nourriture pour me remplir le ventre. J'avais parfois l'estomac tellement plein que je n'arrivais plus à me tenir droite. Je gobais la nourriture sans la macher pour aller ensuite la vomir dans les toilettes. J'avais mes rituels habituels. En effet, toutes mes crises étaient planifiées. Il m'arrivait aussi de me lever la nuit pour manger. Qu'est-ce que j'ai pu détester cette période de ma vie ! Je me faisais tellement vomir que j'avais des brûlures d'estomac la nuit. Ma gorge était brûlée et je souffrais de sensibilité dentaire quand je me lavais les dents. Les conséquences à se faire vomir sont importantes et cela laisse d'énormes séquelles : déchaussement dentaire, œsophage brûlé, gonflement des joues, etc.

J'ai longtemps eu peur que l'on me trouve gourmande. Ça peut paraître étrange au premier regard, mais j'avais peur qu'on trouve que je suis une grande mangeuse. J'avais besoin qu'on trouve que je mange comme un moineau. J'avais honte d'avoir faim. Comme si c'était une erreur. Mais être gourmande est tout sauf une mauvaise chose ! Cela témoigne d'un plaisir de manger, d'un plaisir d'écouter son palais. Tout le monde a besoin de manger. Alors au temps aimer le faire ! Être gourmande c'est aussi choisir de manger ce que l'on aime. Il est vrai que l'on écoute parfois pas son ventre quand on est gourmande. On mange sans faim. Peut-être qu'à cette époque j'avais besoin d'avoir le contrôle de mon appétit et je ne voulais pas être gourmande parce que cela demande de manger quand on a pas faim.

Ouvrant les yeux vers un avenir plus grand,
le cœur serré :
je me détends.

J'ai pris la décision de faire une pause d'un an dans mes études. Alors pour occuper mes journées, je fais un service civique dans un Ehpad. Moi qui voulais être aide-soignante, je ne pouvais pas mieux trouver ! Je suis épanouie chaque jour en allant au travail. J'aime ce que je fais. Cette fois-ci je suis l'aidante et pas l'aidée.

Aujourd'hui, je regrette un peu d'avoir été hospitalisée pendant plus d'un an. J'ai parfois l'impression d'avoir perdu mon temps. Mais quand on parle de santé on ne rigole pas. Je ne me rendais pas compte que ma vie était en jeu. Finalement, je regrette seulement de m'être mise en danger.

Avoir faim, c'est juste un message ou une réclamation que ton corps envoie à ton cerveau pour avoir de l'énergie pour que tu puisses vivre et avancer. Alors au lieu de priver ton corps de carburant, écoute-le et mange ce qui te fait envie ! Plus tu obéis à la maladie et plus elle va gagner en puissance. Moins tu manges et plus la maladie aura de l'emprise sur toi. C'est comme une corde. Plus tu tires dessus et plus elle se tend et devient fragile.

Petit à petit j'apprends à aimer mon corps. Je réapprends à écouter mes envies. Trois cafés par jour c'est trop ? Tant pis car j'aime ça. J'ai mangé il y a une heure alors je ne peux pas manger des bonbons ? Non, si je veux je peux en manger. Je ne veux plus jamais retourner à l'hôpital car ma vie est auprès de ma famille et de mon copain. J'ai appris que les seules limites que l'on possède sont celles que nous nous posons. À vouloir être parfaite j'ai failli mourir plus d'une fois. Maintenant que mes jours sont calmes, je savoure la vie. Je combats toujours la petite voix mais elle semble s'atténuer de semaine en semaine. Même si elle essaie de me faire revivre ce que j'ai vécu. Je ne l'écoute plus. Chaque jour elle essaie de me faire sombrer à nouveau. Elle essaie de reprendre le contrôle de ma vie mais j'ai bien compris que la vie est plus jolie auprès des gens qu'on aime. Manger devient une fierté ! Je m'accroche jusqu'à voir le chiffre monter sur la balance, jusqu'à retrouver une bonne santé et un bon équilibre de vie. Je décide d'être heureuse car c'est bon pour la santé ! Je choisis de vivre !

Alors oui, c'est dur, oui c'est un combat quotidien. Mais la vie en vaut pleinement la peine ! Regarde comme la vie est belle quand on ne calcule rien. Regarde comme la vie est belle quand on se fait plaisir. Il faut arrêter de se punir pour un rien car tout le monde mérite d'être heureux et d'être en vie. Il est important de combattre et lutter contre l'anorexie, pour pouvoir faire ce que tu aimes faire, et avoir assez d'énergie pour vivre. Il est vrai que cela fait peur mais c'est tellement gratifiant d'étouffer la petite voix chaque jour ! Chaque journée est une épreuve mais c'est aussi une victoire ! Alors accroche-toi très fort jusqu'à piétiner complètement cette fucking maladie ! Je suis sûre qu'au fond tu aimes vivre. Tu aimes ta famille, tes amis et tu souffres à l'idée de les inquiéter même si c'est ton moyen à toi de montrer que tu existes. Mais sache que tu es bel et bien en vie ! Tu respires ! Alors envole-toi de tes propres et jolies ailes d'oiseau ! Tu es une petite chenille timide qui deviendra un sublime papillon. Fais-toi confiance et vis ta vie à 200 % !

Imprimé en Allemagne
Achevé d'imprimer en avril 2022
Dépôt légal : avril 2022

Pour

Le Lys Bleu Éditions
40, rue du Louvre
75001 Paris